KB145664

가을 닮아가는 당신께

김연식 시집

시음사
시사랑음악사랑

스마트폰으로 QR 코드를 스캔하면
시낭송을 감상할 수 있습니다

 본문
시낭송
감상하기

 제목 : 함께할 수 없다는 것에 대하여
시낭송 : 김정애

 제목 : 그리움
시낭송 : 최명자

 제목 : 남자의 일생
시낭송 : 박영애

 제목 : 번민
시낭송 : 박영애

 제목 : 가을 닮아가는 당신께
시낭송 : 박영애

시인은 자연을 이야기하고 시낭송가는 자연을 품었다
글자는 날개를 달아 언어로 날고 소리는 자연에 눕는다

시인의 말

나약한 사람 패배자만이 시를 쓴다고
누군가 말하던 기억이 난다
정말 나는 현실에서 도피하기 위하여
시를 쓰고 있는 것일까
거칠고 사나운 숨소리를 뱉으며
맞서며 살아온 젊은 날도 있었다
하지만 냄새나는 삶의 찌꺼기가
쌓이고 쌓여 어느새 현실을 부정하고
현실이 싫어서 글을 쓰기 시작했다
어딘가 숨고 싶은 심정으로
등단한 지 어느새 6년이란 세월이 지났다.
'나의 시는 완성도가 떨어진다고 생각
했기에 시집을 낸다.'라는 것에 두려움이
앞선다
선배 시인들의 이름에 오물을 묻힐 것
같아서다
하지만 멈추면 또한 지는 것
지는 것은 정말 싫기에 용기를 낸다.

시인 김연식

* 목차

* 목차

사랑했던 그대에게

내게 남은 것은
아무것도 없습니다
소중한 것도 없습니다
오직 당신 추억만 붙잡고 있을 뿐입니다

너덜너덜 찢어진 내 한쪽 가슴
남아 있던 북소리는
찢어진 상처 때문에 울리지도
못합니다

저, 넓은 파로호 깊은 물을 쪽박으로
퍼 나를 듯한 열정은 당신에게 모두 주고 말았습니다.
사랑과 미움 내 젊은 날에
소중한 시간을 모두 소진해 버렸습니다.

사랑은 내게 어울리지 않아

사랑하지 말아야 할 사람을
사랑한다는 것은 슬픈 일입니다
가슴에 품지 말아야 할 사람을
품는다는 것은 가슴 아픈 일입니다
보지 말아야 하지만 보고 싶어지고
그리워하지 말아야 하지만
그리워지니 미칠 것만 같습니다

사랑 마음대로 된다면
사랑하지 말 것을 그랬습니다

헤어질 때 너무 아파
미칠 듯 소리 질러 울고 싶습니다
보이는 것도 들리는 것도
세상 모든 것이 슬프게만 느껴집니다
눈물이 울컥 쏟아집니다
캄캄한 방 안에 혼자 있고 싶습니다
숨소리만 들리는 곳에서
아무런 생각 없이 그냥 있고 싶습니다.

왜 그런지 자꾸만 눈물이 나요

말라 버렸던 내 눈 속에서
자꾸 눈물이 납니다
감정마저 단단한 석고처럼
굳은 줄 알았는데

어쩐 일인지
온종일 멍하니
자꾸 눈물만 흐릅니다

가슴이 아프고 쓰려서
쓰린 상처에 소독하듯
알콜로 목을 적시고 영혼까지 적십니다

적시고 나면 잠시 통증이 멈출까
아니 더 아플지도 모릅니다
그대를 못 봐서 병난 마음이
한잔 술로 잊히겠습니까

이제는 그만 숨을 멈추고 싶습니다
가슴이 터질 것만 같아서요
아니요. 숨을 쉴 수가 없습니다
가슴이 너무 답답해서 말입니다.

너라고 부르던 그대

한 해가 바뀐 신년에도
눈이 아프도록 당신이 그립습니다
한 해가 지나면 잊힐까 생각했는데

여전히 가슴이 미어지는 이유는
당신이 미워서가 아닙니다
미우면 좋겠습니다. 미워지면 좋겠습니다.

풀잎 맺힌 이슬처럼
호 불면 흩어지는 당신이
이슬방울이면 좋겠습니다

당신 그리워
인적 없는 험한 비포장길
비틀거리며 목적 없이 걸어도

그대는 더 가슴속 깊이 파고들어
마지막 남아 있는
눈물마저 달라고 합니다.

바람 같은 인생

살다가 힘들거든 쉬어나 보자
그곳이 어디면 어떠하랴
질척이면 어떻고 가시밭이면 어떠하랴

몸 뉘어 행복하면 되는 거지
최선 다해 살았으면 되는 거야
울컥 인생 서러워도 괜찮아

살아 있으면 되는 거야
지렁이처럼 꿈틀거려도
살아 있으면 되는 거야

곤혹스러운 계절 사각거리는 소리
해 저무는 내 생의 시간
잡아도 발버둥 쳐도 해는 저물어 간다.

함께할 수 없다는 것에 대하여

아침에 눈을 떠 하늘을 바라보고
푸른 숲길을 걸어봐도 슬픕니다
귓가에 들려오는 새소리 바람 소리에도
슬퍼집니다

어디선가
애잔한 노랫소리가 들려올 때면
두 눈엔 어느새 뜨거운
눈물이 흘러내립니다

향기롭고 아름다운 꽃을 볼 때면
그대에게 보여주지 못함이 더 슬퍼지고
냇가에 흐르는 물을 볼 때면
그대에게 졸졸대며 흐르는 아름다움을
함께하지 못함에 가슴이 아려옵니다

슬픔에 젖어 흘린 눈물이 어느새 옷섶 앞을 흠뻑 적
시였습니다
오늘은 밤하늘 저 달도 나와 함께
슬퍼하나 봅니다
저 달도 눈물이 그렁그렁한 걸 보면 말입니다.

제목 : 함께할 수 없다는 것에 대하여
시낭송 : 김정애
스마트폰으로 QR 코드를 스캔하면
시낭송을 감상할 수 있습니다

13

취중

외로워 한잔하고 또 한잔하니
술병은 쌓여 가고
정신은 흐릿하고

살려고 하는 짓이
죽으려 하는 짓인가
근심 가득하여 잠이 오지 않아

내 고향 사투리는
화전 밭 일구던
내 영혼의 정거장

이보라 동무
우리 질리게 열심히 살아 보자
그리하여 쉰내 날 때 고향에서 보자.

그리움

만날 수 없는 사람을 그리워한다는 것은
뼛속까지 아리고 아픔입니다
원한 것은 아니지만
영혼까지 버리고 싶어지는 고통

떠나가는 사람은
행복을 찾아 떠나가지만
이 몸은 깊은 암흑 속으로 빠지는 듯
온통 세상이 싫어지고 암울하기만 합니다

끈적이는 그리움은 거미줄처럼
나의 모든 것을 옭아맵니다
거미줄 매달린 나비는 나입니다
거미는 당신을 그리워하는 내 마음입니다.

벗어나려 합니다
그대에게서
언젠가는 잊히겠지요
그대를 잊겠지요

제목 : 그리움
시낭송 : 최명자
스마트폰으로 QR 코드를 스캔하면
시낭송을 감상할 수 있습니다

이별할 시간

오늘 난 많이 아픕니다
숨이 멎을 듯이 아파져 옵니다
향기로운 꽃내음
안겨 주던 그녀가 떠나던 날

그녀와의
추억들이 소나무 옹이처럼
가슴에 가시처럼 단단하게 박혀 있어
어제도 오늘도 아픕니다

해 돋는 내일이면 병원 갑니다
파도 넘실거리는 저 바다로
철썩이는 파도 위에 그녀와 추억을
작은 찌와 함께 묶어 보내렵니다

그녀에 흔적을 지울 겁니다
레이저도 초음파도 아닙니다
바다 향기 가득한 그곳에서
나의 그대와 이제는 이별하렵니다

안녕
내 사랑.

봄날 숲속

임을 위해 모든 걸 벗으리라
임 오시는 길목에서
여리고 푸른 모습 보여 드리기 위해

그대 올까 기다리며
두리번 여린 목
휘둘러 기다리겠습니다

봄기운 올라
산과 들에 그대의 숨결이 되고져
가슴 열어 기다리렵니다

임이랑 하나의 생명
순결한 바람 되고자
땅 위에 씨앗 싹 틔우겠습니다.

봄의 소리

눈을 감아도 느껴지는 계절
코끝 느껴지는 향기
담장 옆
땅을 헤집고 생명이 꿈틀거립니다

땅의 살 껍질을 들추고 푸르게 머리를
내미는 모양이
잔뜩 물먹은
갓난아이 고추 같습니다

봄은 생명
봄은 희망
봄은 꿈
봄은 신들의 잔치 같습니다

땅과 바람과 해와 비가 만나
잠들은 생명을 깨우고 있습니다
꿈과 희망이 싹이 틉니다
봄은 신비의 계절입니다

끈질긴 그리움

그리움일랑
꼭~꼭~ 밟아 버리자
그래도 잡초처럼 일어나거든
잘~근~ 잘~근~ 밟아버리자
다시는 일어서지 못하도록

혹여 잡초처럼 또
그리움 일어나거든
불 질러 버리자
까맣게 타올라
잿더미가 되도록

눈물이 비 되어
또.. 잡초처럼 살아나거든
가슴을 도려내어 임에게 주자
가져가라고

무거워 가져가지 못하면
내가 떠나자
창공을 나는 저 새들처럼 훨훨~
날아 떠나자

상처

나에게 상처란 아프지 않은 곳이 없습니다
상처 하나 상처 둘…. 모든 상처가 모여
내 눈물이 가슴에
작은 검은 호수를 만들었습니다

내 눈물은 임 그리워
검게 타버린 가슴에 채워지는 호수이기에…
나에 상처는 내 눈물이 소독약이고
풀려 버린 내 두 눈동자가 진통제입니다

나의 상처는 겹겹이 돋아 올라
이제는 꼬집고 할퀴어도 둔해져 버렸습니다.
오늘은 양지쪽 굴뚝 옆에 기대어
혹여 기별 없이 임이 오실까

저 멀리 작은 길모퉁이
멍하니 바라다봅니다
생각만 해도 아프기만 한 그 사람이
왜 기다려지는지 서글퍼집니다

떠나 버린 그 사람이 조금 남은
내 눈물마저 가져가려 합니다
조금 남은 눈물은
나의 희망이기에 절대로 주지 않으렵니다

조금 남은 눈물로 희망에 새싹을 틔울 날
그날을 기다리기 때문입니다.
작은 홀씨가 내 가슴에
날아들 그날을 기다리기 때문입니다.

너 때문에 울고 싶지 않아

새벽에 눈을 떠
사랑했던 추억에
울던 시간

스치는 바람과 새소리
꽃잎에 나비 날갯짓에도
마음이 울컥합니다

바보같이
사랑했으니까
미워하진 않을 겁니다

추억 속에 돌아서는
그대
뒷모습만 이제는 간직해야겠지요

아름답던 그대 모습은 지우고
임 때문에 울지 않을 테요
다시는 울고 싶지 않아요.

되 만남

돌아보라
돌아오라
나는 너에게 무엇이고
너는 나에게 무엇인가
나는 너에게 웃어주마
너는 나에게 안겨다오

우리 서로
암울한 사랑만 하였으니
이제는 웃으며 마음을 열자
넘어지면 서로
일으켜 주고
쓰리고 아픈 상처 보듬어 주자

그대가
나의 주춧돌이니
내가 그 위에 사랑의 기둥을 세우마
우리 하나가 되어
견고한 장성을….
황홀한 장성을 세우자.

그리운 사람아

안개 낀 산허리 작은 길 그대와 거닐며
함께 지나온 추억들, 비 오는 봄날
빗방울 수만큼이나 수없이 많아
헤아릴 수가 없습니다

나무 한 그루, 풀 한 포기
풀벌레, 바람 소리, 돌부리까지
당신과 함께한 추억 속에
함께하지 않은 것들이 없습니다

걸음 한 폭마다 흐르는 눈물이
주르륵 흘러 옷 앞섶을 적십니다
바람은 휘~잉~ 산허리 돌아 눈물 뿌려
조그만 제비꽃 한 송이 피웁니다

임은 지금 무얼 하는지
모든 오감은 아직도 임을 못 잊어
임의 흔적을 쫓기만 합니다
아직 두 눈에 뜨거운 눈물만 고입니다.

상처

네가 떠난 기억에
가슴에 상처가 되어
아파 이제는 견딜 수 없어

거리를 헤매고 다녀도
생각이나 자꾸 눈물이 고여
견딜 수 없어

이제는 네가 떠난 것처럼
기억 속에서도
떠나가면 좋겠다

새벽 흐르는 강물처럼
불어오는 바람처럼
흔적 없이

창문

하늘도 들판도
내 눈에 보이는 것이
모두가 사각

창밖 세상
누워서 바라보는
모든 것이 사각형

지나가는 사람은
몸통만 둥둥
떠다니다 사라져 간다

몸부림

한잔에 술이 온몸을 마비시키고
또 한잔에 술이 영혼을 마비시킵니다
이렇게 하는 이유는
그대 잊기 위함입니다

처절하게 몸부림치다
쓰러진 길가에 한 마리 짐승처럼
온몸을 오들오들 떠는
도살장에 개처럼, 동공 풀린 두 눈만
깜박입니다

살아도 산 것이 아니고
죽어도 죽은 것도 아닌데
창백한 밀랍 인형처럼
표정이 없습니다

떠나 버린 당신을
잊어야 합니다
차가운 바위처럼
바위가 흘리는 눈물처럼
그저 웁니다.

숲

아침에 눈을 떴을 때
살고 싶다는 욕망이
팔다리 저림처럼 다가왔습니다

잠깐의 생각
그리고 침묵
어릴 적 고향 숲이 생각났습니다

언제나 반겨 주던
산속에 모든 것들
산까치 잡으려 뛰고 달리던 어린 날

도시의 빌딩 숲에는
소음만 가득합니다
세포 하나하나 잠식하는 세균처럼

살고 싶어서
신발 질끈 동여매고
발이 아프도록 먼 길을 떠납니다

나 죽거든

진흙탕 뒹굴며 살아온 인생
나 죽거든 억울하니 염하지 말아 주오

이승 길 바람같이
자유롭게 날다 떠나가고 싶으니

모진 굴레 얽매여 죄수 되어
살아온 인생살이

자유롭게 혼이라도
꽃동산 구경하러 떠나가게 염하지 말아 주오

미소

살랑 봄바람에
흔들리는 꽃보다

그대 미소가
아름다운 이유는

코보다
눈으로 들어와

감전시킨
백만 볼트 그대 미소.

목련

눈꽃 닮은
하얀 드레스
그대는 구군가

봄이 되니
시집가고픈
그대는 봄의 혼령인가

동굴

눈물 한 방울로
응결된
억 만겁 세월

수천 년
이야기는
종유석 되고

한여름
서늘한 역사
소름 돋는 이곳은

옛사람의
한가득한
이야기

동혈 가득
통곡 소리
들리는 듯하여라

갈림길 앞에서

가보지 않은 길에 대한 두려움이
나를 붙잡을 때
첫걸음 들어선다는 것은
두려움과 설렘이다

가까이 가면 공포감이 앞선다
홀로 걸어야 한다는 외로움
외로움은 두려움으로
두려움은 공포감으로

지금 나는
한 걸음을 시작하기 위해
움직이지 못하는 발끝을 바라본다
어떤 생각도 할 수 없는 무력감

하지만 목표가 있으니
흔들려도 가리라
그곳 지옥 일지라도
몸을 일으켜 다시 걸으리다

종이배

눈물 젖어
얼룩진 편지지
고이 접어
강어귀에 띄웁니다.

가다 쉬어도 좋고
돌부리 걸려도
임께만 간다면
그것으로 만족하겠지만

돌아오지 못할 종이배
내일도
모레도..
작은 희망 강물에 띄웁니다.

이별(1)

봤소!
벌 쏘인 개구리 혀
고통에 오장육부 토한 듯
길게 늘어진 혓바닥

내가 그러하오
임과 이별 후
오장육부 도려낼 두려움에
울 수도 없었소.

자목련

산언덕
세찬 바람
흰 눈 쌓여도

조용히 꽃피우려
시린 겨울
기다리다가

죽어서
임 그리워
다시 피어나는 꽃

자줏빛 사랑
임 기다리는
봄의 전령화여

그대 그리워

산과 바다, 하늘
날고 걸어도
임 모습만 아른거리네

모래 위
그대 이름
그렸다 지웠다 또 써봐도

하늘엔 임 닮은 구름만
둥실 떴다 슬며시 사라져
슬퍼집니다

꿈에도 보이지 않는 당신
눈가 짓무르게 그리워해도
세월에 추억마저 퇴색해 갑니다.

호수 하늘을 품다

호수 하늘과
밀애를 즐긴다
송사리는 날고
새들은 수영한다.

하늘과 별과 달을 품에 안고
바람마저 안았다
하늘은 일렁이고
구름도 달도 일렁인다

바람은 내 몸을 휘감아
놀자 하고
새소리는 심란한 내 마음을
다독인다.

어머니 눈물 천만 분 일이요

어머니 그리워
흘린 눈물은
자식 위해 흘린 어미의 눈물
천만분의 일도 안되어라

바보처럼 부모 사랑
이제야 알아 갈까
사람은 철이 없어 부모가 떠난 후
부모 맘 알아가는 바보 천치

자식은 늙어도
바람 앞 촛불이요
가뭄 든 전답에 농작물
말할 순 없지만, 자식 걱정 끝이 없네

눈 감으면 자식 생각
망백 된 어머님도 그러더이다
내 나이 적지 않구먼. 철이 없었소
이 죄를 어찌하오

내 자식 내게 불효하면
조금은 죄스러움, 갚아지려나
그 자식이 또 그렇게 후회하며
돌고 돌겠지.

오월의 그녀

오월의 여인
꽃잎 입에 물면
입안 가득 아카시아 달콤한 향기
입안 가득 행복해라

하얀 얼굴 수줍은 듯
바람에 흔들리는 꽃잎
입에 들면
눈가에 웃음꽃 가득하다

건너편 친구도
키 큰 아카시아 목 안아
수줍은 듯 야릇한 미소 뱉으며
꽃잎 입에 문다.

오월 산에는 여기저기 아카시아
주위 맴도는 사람과 벌 대로
산이 분주하다
사람들 얼굴은 홍조 띤 흥분된 얼굴

삶

인생사
돌고 돌아
남은 것 하나 없이
모든 것이 제자리다

그리움과
원망과
후회만
가득할 뿐

번뇌

삶아도 끓여도
가두어도
살아나는 한 가지
답 없는 길 잃은 생각뿐.

짝사랑 그녀

꽃잎 엷은 미소에
두근대는 가슴 보면
나에게는 아직
너는 소녀구나

개구리 울면
함께 걷던 논둑길
가슴이 울렁거려
아무 말 못 했는데

온몸 세월에 흔적
흰머리 하나둘 함께 늘어가는 오솔길 거닐듯
세월을 거니는 우리는
친구일세 친구

풍매화

바람에
몸 맡긴 씨앗처럼
날자~
우리 날아 보자

모두 벗고 날아 보자
그리고 어디쯤 머물자
그대가 좋은 곳
우리 둘이

평생 한이로다

내가 먹은 것은
부모님 골수요
내가 먹은 것은
부모님 눈물인 것을....
내가 늙어 눈가에 주름져 알아가니
얼마나 무식한 동물인가

목백일홍

붉은 그대 심장 소리
아직도 전해짐은
그대를
사랑하고 있음이겠지

들마루 누워 하늘 보니
모든 걸 포기하고픈 마음 들지만
배롱나무 떨림이
임의 심장 소리 같아 주저앉는다

그대 미소 그대의 향기
기껏해야 백 년이겠지만
당신과 사랑 추억하려
당신 스쳐온 바람까지 느끼려 하네.

자아도취

인간은 지맛에 산다
남자는 지가 슈퍼맨인 줄만 알고
여자는 지가 세상에 질 이쁜 줄만
알고 산다~
그래서 세상은 대충 돌아간다.

존재의 의미

넘어지고
쓰러져 피가 날지라도
또다시 일어서는 이유

그대에게로
뚜벅뚜벅 가기 위함이다
네게로 가고픈 처절한 몸짓이다

빛바랜 장미

세월에 기대어
시들어 가는 그대에게
눈길이 머무는 이유는

이슬 머금고
수줍게 피어 있는
활짝 핀 한 송이 꽃보다

가슴은 뛰지 않아도
아련한 너의 세월이 느껴지고
그대와 내가 닮았기 때문일까

한때는 수줍고 활짝 피었던
시절이 있었음에
애증의 눈길이 머무는 이유일까.

꽃

꽃은 낮에도 아름답지만
봐주는 이 없어도
밤에도 아름답습니다
아름다움은
꾸미지 않아도 아름다울 때
진정한 아름다움입니다
나는 사람도
그런 사람이면 좋겠습니다
가식 없는 아름다움

꽃이 아름다울 때

꽃은 이슬에 젖은 새벽에 더 아름답다
꽃은 비에 젖었을 때 더 아름답다
꽃은 밤에 더 아름답다
꽃은 달밤에 더 아름답다
은은하게
꽃은 바람이 불 때 더 아름답다
꽃은 태양 없을 때 그럴 때가
더 아름답다
그럴 때가 더 생기 있다.

숲속 목탁 소리

큰 스님 입적하여
딱따구리 되셨는가
새벽이면 탁탁 고목 두드리며
날 깨우시네!

선

당신과 나 우리 사이에는
언제나 변함없이
루비콘
강이 흐른다

언제나 당신이 도발하지만
선택은 자유라서
참고 인내한다
선의 경계 언젠가 무너지겠지만

기다려도 나는 괜찮아

너무 진한 향기는
두통만 불러올 뿐
그대여
불어오는 바람 타고
서서히 내게 다가오오
살며시 두 눈 감고
그대 향기
맞이하리니

최선을 다하는 거야

거센 물살 헤쳐
싸울 용기 없으면
강 밑 퉁가리처럼
바닥에 엎드려 싸우자
언젠가는 너도 희망을 노래할 거야

가랑비

비가 와요
빗방울이 나를 피해 갑니다
너무 조금 내려서일까요
전에 내 임이 내게 주던 사랑 같아요.

비 오던 날

질리게 덥던 날
비 냄새에 잠시 바깥 나오니
개미구멍도 못 적실
빗방울 콧등도 못 적신다

새벽 일어나 친구들
안부 물으며 두어 시간
살아가며 이런 시간 있다는 게 행복 아닌가

온 누리 가뭄
내 머리 비듬 모양
발뒤꿈치 각질처럼
조각조각 땅 일으켜 세운다

친구야 나 오늘 탁주가 그립다
내가 전화할까, 니가 전화할래
우리 서러워지는 나이다
가끔은 삭막한 영혼 탁주로 적시자

비애

외롭고
힘들어도
날아야 한다
날갯짓을 멈추면
추락할 운명
날개의 저주
너와 나 같은 운명

가끔은 나도 쉬고 싶어

나, 이대로 앉아 쉬고 있을래
그러고 싶어, 힘들거든
옆에 있는 길게 자란 잡초에
말을 겁니다

후~~흑
웃음소리인데
울음소리 같다고요
네~~~ 그래요

60 넘게 울다 보니 웃는 걸 잊었어요
무슨 팔자가 징징인지
징그러워 죽겠습니다
어찌합니까? 그래도 살아야죠

혹시 알아요
내일 로또 대박에
하나님이 너 고생했다
칭찬할지요.

창밖에 비가 내려요

가랑비가 내리네요
사람들은 가라고 가랑비
있으라고 이슬비 온다고 하잖아요

글쎄요
저에게는 어떤 비일까요
보고 싶다
보슬비라 해야겠어요

지금 너무도 그리운
한 사람이 있어요
그것은 혹시 이 글을 읽는
당신일지 몰라요

빨리 소나기로 변하면
좋겠어요
흠뻑 젖게, 그대 오면
흠뻑 안아 주고 싶거든요.

빗소리

창밖에 빗소리가 들려요
지글지글 탁탁..... 요란한 이 소리는
달궈진 프라이팬 기름 튀는
소리 같습니다

한 잔에 소주가 생각납니다
사랑하는 그이와 한잔
기울이고 싶습니다

고기를 다 굽고
정리하려는지
투둑 투둑 소리는 멈추어 갑니다
비가 그치려나 봅니다

저기요
우리 건배해요
우울한 하루를 털고 건강을 위해
우리 사랑을 위해

제발 그냥 두세요

꽃 아니라고 뽑지 말아 주세요
나도 당당하게 땅 위에
뿌리내린 생명이에요

꽃만 피면 이쁠까요
잡초가 있어
꽃은 더 아름답게 보이죠

함께 살아가요
뽑지도 꺾지도
말아줘요

날 뽑아 버리려는
당신도 그 세상에서
잡초일지 모르잖아요.

천둥소리

천둥 치려 구릉구릉 소리는
아버지 주무시며 앓는 소리
비슷하여
가슴이 미어져 잠 이룰 수 없네

세월 지나 백골 되어
양지쪽 먼 산만 바라보고
계시고 주위에 할미꽃
제비꽃 두어 송이 피었네

움직일 수 없는 넋이지만
자나깨나 자식 걱정
천둥소리 되셨는가
오늘도 잠결 구릉구릉 우시네.

능소화

여린
꽃 몽우리
수줍은 소녀처럼
부끄러워 움츠렸다

꽃망울 활짝 필 즈음
가장 붉고 탐스러워라.

줄기줄기 뻗어가는
능소화 담치기는
사람들 눈길을
사로잡고 마는구나

나비는 내게 오라
꽃술 살짝 벌렸건만
나비는 아니 오고
온갖 잡것만 기웃댄다.

내가 보는 그곳에

목표 없던 내 인생
불빛이 보였어
그 빛이
당신이거든

목표
당연하지
당신이 나의 부표야
나의 시선이 멈추는 곳

어디든
어느 곳이든 당신 위해
노를 저을게 아주 즐겁게
행복하게 그렇게 저을 거야

독설

배부르고
배웠다는 者
고작 하여
배설만 생각하는가
입으로 먹었으면
눈으로 먹어보고
머리로, 가슴으로 먹어봐라
싸 대는 것만
생각 말고
싸려거든 아무 곳에나
싸지 말고
남의 꽃 밭에는
왜 기웃거리나
성질나면 하나님께 너의
구멍 다 메꿔달라 빌 터이니.

나의 주문

우리가 감당할 만큼
딱 고만큼만 우리 사랑하자
하늘이 우리 사랑을 질투할 때까지
딱 고만큼만 사랑하자

바람과의 대화

아프지 않은 사람 없듯
아프지 않은 꽃도 없겠지
화려함 속에서
너 또한 아프고
나도 아플 테니까

웃음 뒤에는 웃기 위해
흘린 눈물이 얼마나 될까
나는 웃기 위해 울고 싶지 않아
그냥 평범하게 슬플 때 울고
기쁠 때 활짝 피는 꽃이 되고 싶어.

아침부터

날이 밝아 해는 중천인데
눈을 뜨고 싶지 않아
눈 감고 가만히 누워 있네
떠난 임 그리워

오늘만은
모든 감각을 닫아
보지도, 듣지도 생각도 하지 않고
하루를 살고 싶어

멀리 숲속 매미는
처량하게 울어 대고
바람에 부딪히는, 나뭇잎
소리마저 쓸쓸하게 들리네

행여나
그대 내가 생각나면
그대 향기 바람결에 날려주오
눈을 감아도 내 그대 느낄 수 있게

백신

그리움이란
영원히 내 삶을 갉아먹는
바이러스
백신은 강력한 사랑 캡슐

어머님의 손

난 당신이 항상
눈물 없는 싸늘한 여잔 줄 알았습니다

하지만 어느 날 우는 걸 봤어요
다 떨어진 내의를 빨면서

추운 겨울 냇가에 얼음을 깨고
두 손 호호 불며 옷을 치대던 모습

13살 서울 취직하러 간다니 부엌에서 불 지펴 부침
개 부쳐주시던 사랑 가득한 손

지금은 물안개, 바람처럼 잡을 수 없는
어머니 따뜻한 손 그 손이 그립습니다.

절제된 사랑

그대 사랑하기에
거리를 두려고
사력을 다했습니다

사랑이 지나칠까
두려워서
소름이 돋았습니다

임과 주고받는
사랑이
상처 되어

영혼마저 잃어버릴
그런 사랑 될까
두려워 애써 감추려 합니다.

땅개의 후손

비가 내리는 여름 방안은 온통 곰팡내
빛이 그리워도 빛을 보기 힘들어요
가난하면 흔한 태양도
맘대로 느낄 수 없습니다

그리워도 낮에는 빛없는 일터
밤에는 빛없는 지하 방 가난뱅이는
영위할 수 없는 게 햇빛만 아니요
가난한 자 영혼마저도 가난합니다

가족들은 밤낮없이 일을 해야 삽니다
가고 싶습니다
바람 멈춘 저편 넘어
그곳에 꿈 키워 살고 싶습니다

손 전화기

주머니 속 뻐꾸기
온종일 울어
저녁에 꺼내
머리맡에 두었다

밤새 날갯짓하더니
새벽부터 난리다
이놈의 뻐꾸기
누구 소식 물어왔나

기쁜 소식 아니면
눈물 쏟아지는 소식일까
지구촌 소식이나
받아보자

다음에는 파랑새
한 마리 주머니에
키워야지.

설악산

왼쪽으로 갈까
오른쪽으로 갈까
왼쪽은 12 선녀 기다리고
오른쪽에선 옥녀가 기다리는데~

삶

절망 앞에서
꿈 찾아간 곳이
죽음의 문턱이더라

부딪혀
날개 꺾이고 몸이 찢기어
온몸은 상처뿐

어둠이 숨 막혀 날아간 곳
기껏해야 아득한 죽음의 바닥
내 몸이 발효되어

한 줌
밑거름되어 꽃으로
피어날 수 있으려나.

진부령(陳富嶺)

굽이치는 저 능선
어젯밤 그녀 몸매 같구나
방심하면 아찔한 저 절벽 나를 품겠지

천당과 지옥
허리 아래 구름 짙게 드리운
저 골엔 무엇 있을까

아슬아슬 더듬어 내려가니
촉촉이 흐르는 계곡물소리
한여름 터질 듯한 열기

몸부림치는
날 반겨주는 안도의 한숨 소리
온몸 끈적한 땀 몸을 적시네

약초 향기 머무는
포근한 안식처 몸을 맡기어
하룻밤 꿈 무릉도원 머무네.

고향의 품

나이 들어 서러워하면 뭐 하겠어
그리운 고향 가봐야지
지팡이 짚고 가면 어떻고
달구지 타고 가면 어떻겠나

솔고지골, 대촛골, 넛골, 농골,
약물탕거리.
흙냄새 물씬 나는 흙다리 면
어떻고 돌다리 건너면 어떠랴

깊은 골짜기마다 들녘마다
아버지 기침 소리
어머니의 아가야 어이 오니라
그 소리가 여기저기 들리는데

이 몸 늙어 기저귀 차고 간들 어떠랴.
어릴 적 추억 있고
부모님 향수 남은
고향이 나를 기다리는데

눈물이 무색인 이유

당신 떠난다고 울지 않아요
부모님이 남자는 우는 게 아니라
말씀하셔서, 어차피
떠날 사람은 언젠가는
떠난다고 말을 들었으니까
남자가 눈물을 보이는 것은
쪽팔린 일이라고 귀가 아프게 들었지요
울지 않아요
슬플 때는 화장실 아니면 산에 가요
남자라는 단어에 상처가 생길까 봐
그렇게 살았어요
자존심 남자는 꼿발이거든요
서리맞은 나이에도 그렇게 살아요
남자는 꼿발이라고
눈물은 남몰래 울라고 무색입니다
어른이 되면 눈물도 몰래 흘리래요
화가 나도 몰래 왜 그런지 알아요?
자라나는 새싹이 다칠까 봐
텁텁한 입김에도 새싹은 다치거든요
어른은 어른답게 어린이는 어린이답게
여자는 여자답게 남자는 남자답게
크게 인간은 인간답게 짐승은 짐승답게

야생화

화려하고 진한 향기보다
조금은 덜 이쁘고 화려하지 않아도
홀로 외롭게 피어 있는 들꽃을 좋아합니다

척박한 땅 구석진 곳 가냘프게 피어났을지라도 이미
한 송이
꽃으로 가슴에 들어왔기 때문입니다

때로는 비바람에 흔들려
투박할지라도 피고 지는 소박한
당신을 닮은 들꽃을 사랑합니다

바람꽃 같은 인생 이제는 나도
그대와 함께 한 송이 꽃을 바라보며
미소 짓는 사람이 되고 싶습니다.

인생 참 거식하네

날 좀 꺼내 주시게
이 갑갑한 감옥에서
간수는 없는데 도통
나갈 수 없잖은가

내 만든 틀 안에서
나갈 길 막막하네
미로 같은 인생
어찌하면 좋겠는가

나가고 싶네
나 좀 불러주오
출구도 안 보이고
방법을 모르겠네

잃어버린 내 꿈이
열쇠인지 모르겠네
찾으리다 이곳에서
꿈을 찾아보리다.

해방

두 동공 백내장
뇌는 온통 오직 그대
가슴은 방앗간 발동기

그리움은 비수
찢어지는 가슴
외로워 울부짖는 한 마리 늑대

술병은 안개에 싸인 생명수
추억은 안주, 아스팔트가 벌떡
날 포옹할 때까지 그렇게....

추억은 7°
외로움 80°
사랑 2°
그리움 99°
아~~ 취한다.

나의 詩

이 세상 가장 아름다운 시는
침묵입니다.

이 세상 가장 슬픈 시는
당신의 눈물입니다.

이 세상 가장 외로운 시,
먼 산을 바라보는 당신의 눈동자입니다.

이 세상 행복이 넘치는 시는
당신 아름다운 미소입니다.

내게 희망이 넘치는 시는
당신 목소리입니다.

당신은 향기로운 나의 시입니다.

추야 (秋夜)

이슬 내린 풀숲
귀뚜리 울음소리 처량한데
귀 세워 들으려니 눈물이 나네

고향 집 마루 어머니 무릎 베어
별 보며 하던 말
엄마 힘들지, 조금만 기다려요

그 세월 흘러 어느새 반백일세
어이 하나 어이해
덧없이 흐르는 세월 아쉬워라

살살이꽃 춤추고
잠자리 때 비행하는
그리운 고향 생각. 가자 어여 가보자.

꿈꾸는 태양

어둠 뚫고 붉게 솟는 태양 보라
대지를 덮쳐옴이 야생말 무리
일으키는 흙먼지 같다

은밀하게, 강렬하게, 뜨겁게
대지를 품에 안듯
점령해 온다

아침이란 선물로 온 세상을 안아
신비로운 희망과
생명 잉태하게 한다

찬란한 태양
영혼 일으켜 가을날에,
푸르른 봄을 꿈꾸게 한다.

秋 月

가을밤
하늘에 별도 없는데
홀로 떠 있는
저 달은 처량도 하구나

풀벌레 소리도 잠든 밤
소쩍새 어디선가 울어
임 생각에 잠 못 이루는
나를 달래 주려 하네

산 넘어 어디선가
멍멍이는 짖어대고
갈피 못 잡는
이내 심사 갈 곳은 어디인가

임이라도 만나려면
잠이라도 청해야 하련마는
임의 사진 품고 자면
꿈속에서 내 품에 안겨주려나.

인생

인생은 물음표다
살아서도 물음표
죽어서도 물음표
영원히 물음표

가을에 보이는 것들

서리가 내리는 가을이 되어서야
세상 모든 것이 소중함을 알아갑니다. 쓸모없는 잡초
라도 푸른 생명이기에
아름답고 귀함을 알아갑니다.
초라하지만 길옆 피어 있는 작은 꽃도
가을 되니 더 어여쁘고 보석같이 빛남을 알아갑니
다. 내 나이 가을 되어서야 소홀히 여기던 아내가 곁
에 있어 감사하고 단풍처럼 우아하게 내 곁에 있었음
을 알아갑니다
울긋불긋 단풍 든 숲길 나란히 손잡고
아내와 내 나이 가을이 돼서야 걸어봅니다
가을처럼 세월이 흘러서야 아내가 이쁘고 대단함을
새삼 알아갑니다.
얼굴보다 마음이 햇살처럼 따듯함을
그냥 처음처럼 곁에 있었기에 몰랐던
아내에게 감사합니다.

영상통화

어머님 그리워 전화하네
요양원 한 귀퉁이 밝게
반겨 주는 어머님의 목소리

추석에 가마라고 말씀드린
내 주둥이 원망스러워
변기통만 바라보네

아침저녁 인사드림 당연한데
어찌하여 괜찮다고 하실까?
요양원 한구석 좋을 리 없지만

어머님이 날 걱정하시네
눈물이 찔끔거려 미치겠네

그려요. 추석에는 엄마
태양초처럼 쪼그랑
젖이라도 만져보고 싶네.

상사화

찬 바람 부는 시월에
때늦은 그대 모습
처량하여 애처롭다

그리움 사무쳐 새 가슴 끓어올라
꽃잎 붉게 가냘프게 떨고 있어
마음마저 저려라

첫사랑 그리워
눈물에 젖은 얼굴
울어도 모르고 소리쳐도 모르네

空虛한 기다림, 이룰 수 없는 사랑
어쩌면 좋은지 알 수가 없네
남포등 놓고 가련다, 사랑 놓고 가련다.

그대 나를 아세요?

이렇게 예고 없고 가슴에 파고드는
당신은 누구십니까
나는 그대를 외면하고 싶네요.
나와 가까이하면 당신이 아플 거예요

해 뜨면 사라지는
풀잎에 이슬 같은 인연이지만
그래도 당신이 아플까 봐 두려워
당신을 향한 내 눈빛이 멈칫거려요

그대가 외로워하는 모습도
아파하는 모습도 보기 싫어요
내게도 아픔이 전해져 오거든요
나 혼자 아파도 충분해요

그대가 다가오면
나야 행복하지만
그대 행복 바라는 내 마음이
그대를 멀리하게 하네요

꽃과 나비

꽃은 뿌리를 감추어
비상 꿈꾸고
나비는 지쳐 날개를
접으려 한다

나비는 달콤한 유혹에도
날개 감추고
수만 송이 꽃이 찾아도
마음은 그리운 꽃 한 송이뿐

처음 날갯짓
날아 만난 꽃
그리워 살며시
접었던 날개 꿈틀거린다.

手指

살고 싶어 찜통더위
발버둥 치다
손가락 동강 나
기름통에 빠졌다.

아무런 감정 없이
무심코 건져 생수에 씻어
얼음주머니 넣어도
이미 분리된 육체 일부 감각이 없다

사정없이 돌아가는 기계
인정사정없고
남은 살점 초당 8회 회전
현장에 온도는 40도

땀, 피, 기름 범벅
살기 위한 마지막 몸부림뿐
동강 난 내 살점. 사장은,
미니 돼지 족발쯤 알겠지.

추억은 낙엽처럼

가을 바스락 소리에 움츠리고
오감은 젖어 촉촉해집니다
떨어져 뒹구는 낙엽
의미는 두지 않으렵니다
그냥 낙엽일 뿐
뜨거운 감정도 애달픔도
그저 마지막 추억으로
바람에 날리고 싶습니다.
눈물 흐를까 봐 마음을 다독이며
고슴도치처럼 웅크립니다
그대에게도
가을이 오겠지요
잊힐 가을이 오겠지요
힘없이 뒹구는 낙엽처럼
조금 남은 추억도 애달픔도
가을 낙엽처럼 한 귀퉁이
모아 태우며 커피 향 같은
낙엽 냄새와 휘날리는
낙엽 바라보며 코트 깃 세우고
벤치에 앉아 고즈넉이
그대 추억을 마셔야겠습니다.

가을을 품에 안고

떨어진 낙엽 스쳐온 바람
향기, 아픔까지
가을 되면 떨어져
같이 뒹굴까

겨울 가고
꽃피면 돌아올까
아니야 돌아서 떠난
그임은 흘러간 세월이야

두 눈에 고인 눈물
흔들리는 가을
그대는 모른 척 돌아섰지만
나는 뒷모습 잊지 못하네~

그대는 아파 말아요

나는 괜찮아요
이별이란 원래 아픈 거니까
만약 눈물지어도 모른 척하세요
그대 어차피 떠날 사람이니까

처음 화사한 꽃처럼
웃어준 그대
그때는 그대가 꽃인 줄 알았어요
그대 향기가 꽃향긴 줄 알았어요

아직도 사랑하고 있나 봐요
그래요
우리 헤어져도 사랑은 쉽게
되돌릴 수 없나 봐요

사랑이 무엇인지 잘은 모르지만
당신이 떠난 다음
사랑은 아픔이란 걸 알게 되겠죠.
그래요. 그대 아프지 말고 잘 살아요.

꽃

꽃은 낮에 보아도 이쁘지만
밤에는 더 이쁩니다
낮에는 많은 사람과 함께 보기에
자세히 보지 않았지만

밤에는 오랜 시간
나만 보기에 유난히 이쁩니다
그저 바라만 보아도 가슴이
따듯해집니다

향기도 맡고 싶고 만지고 싶지만
옆집 화단에 핀 꽃이라
정주면 나만 아플듯하여
두 눈 꼭 감은 채 돌아섭니다

꽃향기는 못 맡았지만
그래도 이쁜
그 꽃이 내 가슴에 따듯한
온기를 가득 안겨줍니다.

내 눈 속의 그대

당신 미소에 눈물이 보여요
무슨 일 있었나요. 그대 아파해도
나는 지금 그대 손잡아 줄 수 없어요
그냥 바라만 볼 뿐 마음이 아픕니다

억지로 웃으려 하지 말아요
그것도 아픔일 수 있으니까
그대 내게는 누드김밥처럼
속 먼저 보여줘도 괜찮아요

언제나 당신 편이니까
그대는 무얼 해도 다 보여요
나의 눈이 X-레이 아닌데
투명한 그대 잘못입니다

울지 말아요....
웃는 모습만 보고 싶어요
햇살 같은 그대 미소
시원한 바람 소리 닮은 그대를요

월미도

서해 월미도는 낙조가 아름다워
푸른 바다 갈매기 나를 반기고
무표정한 바다는 소곤소곤
수평선 바라보는 나를 부른다

철썩~~ 쏴~~아
철썩~ 철썩~
바다는 알까
내 마음 아는 걸까

갈매기 끼룩끼룩
바닷가 사람들 기웃거리고
여객선 뱃고동 소리 나를 유혹하네
심란한 마음 기약 없이 멀리 떠나고파라

바다여 넓고 푸른 바다여
너의 품으로 날 안고
저 붉게 타오르는
태양의 섬으로 데려가다오.

아들에게

억울해 말거라
남자로 태어난 것 죄이려니
생각하려무나
군 복무 영광이라 생각하라고
했던 말 취소다
돈 많은 조상 만나 슬쩍
무슨 종교인지 믿어 슬쩍
동성연애해서 슬쩍
아비 어미 권력 있어 슬쩍
조국의 영광을 위하여 슬쩍함은 열외다
아빠는 호구 같은 백성이다
장기판 졸 같은 인생이다
보리 껍질 같은 백성이라 군대 다녀왔구나
보리 껍질도 진정한 백성이
되는 날, 군대 살짝 빠진 자들
슬쩍슬쩍 거식한 놈들
잡아다 삶아 술안주나 하자꾸나.
나는 머리를 뜯으마
너는 가슴을 뜯어라.

나의 사랑 딸에게

곱디고운 나의 천사야
네가 나의 품에 안길 때
이 세상 행복 너에게 행복과 기쁨
모두 주고 싶었다.
내 무능하여 아픔만 준 것 같아
미안하구나! 나의 천사야
내가 너에게 주고 싶었던 행복과
기쁨을 네가 나에게 주더구나
나에게는 네가 꿈이었다
가끔은 흐려 나의 마음
우울할 때 있었지만 슬프지는 않았다
세월 지난 지금 생각하니
모두가 행복이었음을 이제야 알겠구나
하얀 드레스 날개를 달아
내 곁을 떠나는 날 웃으며 축복해 주마
또 시간이 그렇게 흘러
너의 에덴동산 딸 닮은 꽃 한 송이
피거든 가슴에 안고 놀러 오렴
아빠에게는 그날이 행복일 거야.

낙엽

가을 떨고 있는
생의 끝이 두려운가
아서라 무엇이 두려울까

계절 지나 가을이 오면
너도나도 바람에 떨 터인데
푸른 날 잊고

힘겹게 버팀을 느낄 때
흔들리는 마음
서글피 안쓰럽다

살아온 날들, 지나온 계절
다를 게 뭐 있을까
흔들면 흔들리다. 떨어지면 그만이지

떨어져 뒹굴다
너는 새싹 위해
나는 토끼 위해 자양분 되는 거지.

정말 이것이 꿈이라면

나~ 간다
집에 가서
씻으련다.

너의 냄새도
너의 환상도
너의 기억마저도

너는 그냥 환상이니까.

홍시

푸르던 여름날
땡감
떫지 떫은 세상일
뜨거운 태양으로 감내했다

잠자리 날던 날
사람들은 말했지
아직 멀었어
저놈이 익으려면

그 위 날아가던 직박구리
머리에 똥 싸던 날
여우비 내려
마음 닦아 주었다

시월에 땡감 영감 되어가려
노랗게 익어가고
푸르던 꿈도
노을처럼 붉어진다.

다시 시작합시다

우리는 무엇을 위해 두 주먹 불끈 쥐어
이 세상 태어났을까요
발버둥 치며 떠나가라
울음 토한 이유 무엇일까요
태어나 한 해를 지나며
인생 모든 것 터득한 그대입니다
부모에게 그대는 신이며 천사입니다
힘든가요.
삶이 힘들지라도 그대 걱정하지 말아요.

외롭고 지쳐도 희망이 있으면
다시 불씨 되어 활활 타오를 테니
걱정하지 말아요
꿈을 위해 잠시 쉬려할 뿐입니다.
다시 일어날 수 있어요
기다가 또 걸음마 하다가 다시 날개 달고 달리기 위
함입니다 절망은 바닥이니
일어날 수 있어요 다시 쓰러져도
더 떨어질 곳 없으면 힘내봐요 우리

작은 바다

그녀에게
푸른 바다 냄새가 납니다
조잘거리는 파도 소리가 들립니다

까만 눈동자는
햇살이 비친 바다 위
반짝이는 너울

그녀의 입은 싱그러운 바다
나는 그 자그만 바닷속
행복한 꿈을 꿉니다

품에 안겨 삶의 끝자락
함께하는 꿈을 꿉니다
이별 없는 꿈.

사랑은 슬픈 거야

그대 돌아설 때 알았어
사랑은 우박 같은 것이란 걸
우박에 구멍 난 배춧잎
나였음을 알았어

한순간 사랑은 바람이었지
언젠가 내 곁을 스쳐 가는
잡을 수 없는
구름 같은 것이란 걸 알았어

머리 흰서리 내린 후 알게 된 거야
바보 같지만
그래도 기다려져
그대 돌아올까 싶어서

잊을 수 없다면 함께 가자

아침에 일어나 가래를 뱉어내고
매스꺼움. 토악질하듯 버리려 하여도
머릿속 그리움은
물구나무 서고 토악질해도 소용없다
그리움의 크기 얼마나 되기에
그리움의 양 얼마나 되기에
그리움 얼마나 끈적하기에
몇 년이 걸려도 계속 흘러나오는 것일까
버려도 꾸역꾸역 흘러나오는 그리움
목구멍 가래보다 끈적하다
씻어낼까 아니면 수세미로 닦아낼까
불을 질러 역겹도록 그리운 찌꺼기 태워 버릴까 그
냥 가자 평생이 되더라도
잊으려면 더 커지는 암 덩이
그냥 몸속 담석처럼 안고 가자.

앞으로 가자

함께 가자
정신이 혼미하고
온몸이 망가져도 끝까지 가자

답은 다음에 찾는 거야
남자는 그런 거야
망설이지 말고 가는 거야

절망은 하지 않는 거야
끝장을 보는 거야
생채기 생겨도 해보는 거야

인생은 그런 거야
하면 되는 거야. 나의 인생도
너의 인생도 한번 지르는 거야

꿈과
희망은 쟁취해야 하는 거야
가자, 우리 함께 꿈을 위해서 앞으로

강원의 전경

제발 그랬으면 좋겠다
날 저물지 않았으면 좋겠다.
밝은 날의 환희가 식지 않았다.
저 높은 대관령 바람의 언덕
바람개비 쉼 없이 돌고 있다
길옆 황태덕장 즐비하고
눈이 내린 언덕 녹지 않은
눈이 나를 반긴다.
횡성 새말 첩첩산중 언덕 넘어
태양은 식어가는 쇳덩이
불그스름히, 산 아래 숨어든다
해거름 풍경 가까이는 서양화요
멀리는 먹물로 채색한 동양화 한 폭이다
곱게 뻗은 고속도로 심장의 핏줄 같다.
평창 동계올림픽
벌떡이는 심장의 울림이 느껴진다.

무정한 세월

이 계단을 내려가면
모든 사람과 이별인데
멈칫하는 이맘은 어찌하나.

멈출 수 없는 발길
흔들바위처럼 멈추어
서고픈 데.

이별 앞
모두 잊어야지 감각 없이
두 눈에 눈물만 흐르네

세월의 내림 계단 누가 만들었는지
비정하다. 조물주
갑 자만 큼이나 비정하다.

고드름

추녀 매달려 거꾸로 자라는
겨울의 차가운 눈물
마음 꿰뚫을 듯 시리다

해가 뜨면 사라질
떨어지는 물, 방울은
보석처럼 반짝인다

따듯한 사랑
햇빛 되어 얼어 버린 마음 녹아
눈물 되어 흐른다.

영과 육

몸이 없는 영혼 있나, 영혼 없는 육신 있나
있다면 귀신이고 송장이지
부모가 육신 주고 영혼을 주었건만
지랄도 지랄 나름 부모는 몰라 하고

귀신만 믿고 사네
그 인간 자식도 딱 고만큼만 귀신 믿고
부모 섬기지 않으면 좋겠네

부모는 자식을 세상에 내놓았고
먹이고 가르치고 애지중지
키웠는데 어찌하여 살아있는 신은
몰라 하고 형체 없는 귀신만 쫓아다니는가

신과 부모를 선택하라 한다면
나는 부모 선택하겠네
가까이 있는 조물주 모르며 어찌
보이지 않는 조물주를 믿으려 하는지

신 믿듯 아내, 자식 사랑하는 마음으로
부모 섬기면 어찌 신이 그 사람 지옥에
보내겠나 피와 육신 준 부모 신과 다름없으니. 부모에
불효해 천당 속 지옥 살지 마세.

마음의 그릇

악 품지 마세나
악을 품으면
지옥을 품는 것이요
선을 품으면 천당이니
우리네 사는 세상
천당과 지옥 공존하니
품고자 하는 것 가려 품어보세
사랑을 품으면 꽃밭이요
미움을 품으면 가시밭길
마음속 담을 것 골라 담아
우리 행복만 하세나.

그대 그림자

그대 그리워하며 헤매는 것은
아직도 사랑이 남아 있기 때문입니다
밤하늘,
별을 바라보며 홀로 중얼거립니다

그대를 추억하며 간절했던
우리 사랑 그림자만 쫓고 있습니다
이렇게 사랑 앞 나약한 줄 알았다면
사랑 따위는 하지 않았을 겁니다

눈을 갖고 태어난 것을 원망하고
가슴을 가지고 태어난 것을 원망할 겁니다
때로는 당신의 그윽한 눈빛을 원망하고
황홀한 미소를 원망할 겁니다

추억 속 당신

천 개의 기억
만개의 기억 속
유난히 빛나고
고운 기억이 있습니다

당신을 사랑했던
기억은
꺼지지 않는 별빛처럼
유난히 빛납니다

붉은 심장 속 피처럼
당신과 함께한 기억들은
나의 온몸을 돌아
머릿속 깊이 자리하고 있습니다

눈을 감으면 머릿속
기억 유난히 빛나
나의 수면을 방해합니다
손을 흔들며 달려옵니다.

그리운 아버지

눈이 참 아름답게 쏟아지는 밤입니다
하여 가로등 아래에 혹시나
하는 마음에 다가섭니다
배고플 땐 흰쌀가루처럼 보이던
배가 부를 땐 그냥 눈인데
내 눈에는 임이 올 것 같은
그런 날입니다
슬리퍼에 양말도 없지만
그냥 임 그리운 열기에
온몸 달아올라
눈은 내 몸에 쌓이기 전 녹아 버립니다
그리운 마음도 하얗게 덮고
싶은 마음인데
반백 년 살아도 그리운 건
어쩔 수 없습니다
눈 한 줌 뭉쳐 아들~~먹어 볼래?
그 목소리가 천상에서
들립니다. 눈이 내리면
내 아버지 목소리 들립니다.

남자의 일생

인생 별것인가
잡초같이 살다 잡초같이 사라지는 소멸의 연속
사랑이 찾아오면 뜨겁게 사랑하고
타오르는 장작처럼 훨훨 타오르다
바람 불면 날아가는 재 되더라도
후회 없이 사랑하는 거지

가족에 대한 부담과 미안한 마음
끝없음에 의지는 무너져도
하고 싶은 일 포기 하며
시곗바늘처럼 앞만 보며 달린다

남자라서 울지 못하지만
비 오는 날에 비 맞으며 걸어가
어깨 들썩 말고 눈물만 흘리고
비 멈추면 또다시 피에로가 된다

소멸 전까지 가족을 위해 살아야 하는 운명이라면
가족이 희망이라면
기꺼이 받아들여 하늘 보며 참고
멍에 쓴 황소처럼 뚜벅뚜벅 걸어간다.

제목 : 남자의 일생
시낭송 : 박영애
스마트폰으로 QR 코드를 스캔하면
시낭송을 감상할 수 있습니다

번민

고뇌는 심장에서 싹 틉니다
새싹 땅을 헤집고 나오듯
심장 터질 듯 요란한 소리 납니다

심장에서 뿌리내린 고뇌
머리까지 휘감아 헤집어
머릿속 미로보다 복잡합니다

아무런 힘없이 늪에 빠졌습니다
어찌합니까?
어떡하면 벗어날 수 있는지요

정신을 집중해 봅니다
안간힘을 씁니다
꽁꽁 묶인 자아는
한 줄기 빛을 찾지 못합니다

멈춰야 합니다
집착을 버려야 합니다
마음도 비워야 합니다
얼은 땅속에도 희망 있듯
'희망 꿈꾸자'
홀로 중얼거립니다.

제목 : 번민
시낭송 : 박영애
스마트폰으로 QR 코드를 스캔하면
시낭송을 감상할 수 있습니다

119

새 희망

배고플 땐
가마솥 김 오름
허기 달래 주었습니다.

목마름 입 마르고
갈증 날 때 한 방울 빗물
두 눈 반짝이게 하였습니다.

당신 그리울 땐
그대의 목소리
달콤한 꿈이었습니다.

어둠에 싸인 하늘
한 줄기 빛
간절한 희망입니다.

함께한 추억과 인연 뒤로하고
또 다른 길 가려 합니다
두렵지만 설렘도 있습니다

생의 마지막 도전을 하려는
마음 심장 쿵쾅거립니다
꿈이여 내게 오라 외쳐봅니다.

사랑의 그림자

별도 뜨겁고
달도 뜨거울 것 같은데
돌아서 가는 사람 뒷모습은
차갑기만 하다
모든 게 꿈이고 허상인가.

가난한 죄

나는 홍어 수컷이 아니요
발로 밟아 짓이기지 마시게
배움 없어 허름한 공장
다닌 죄뿐이요

일한 대가 줄어들고
세금은 오르는데
지랄같이 물가는 오르니
어찌 살란 말이요

돈 없어 자식새끼
공부 못 시킨 죄
땅에 묻히겠나
화장터 가겠는가

들짐승 우글대는
산 중턱 버려 달라
유언장 써야겠소.
불효한 죄, 자식 못 가르친 죄

벽과 삶을 논하다

대답 없는 벽
거짓 없는 벽
내 나약함 들킬까
벽을 마주하여 서 있다.

아내의 눈총
받지 않아 좋고
자식에게 슈퍼맨이던 세월
약해진 모습 들키지 않아 좋다.

오늘도 벽
손바닥 짚고 벽을 치며
생을 논한다
희망이 무엇인지 논하고 있다.

사랑이 뭐길래

사랑 너무 아파

아침에 소주 한 병
점심에 소주 한 병
저녁에 눈물 한 병을 마셨습니다

가슴에 붙어 버린
그대 그리움은
사그라지지 않습니다

사랑했다. 헤어짐
먹구름 되고, 바람이 되어
그대 향한 내 마음에 소나기를 뿌립니다

봄날의 사랑

산은 붉게 물들어
나를 부르고
당신과 나
꽃 되고 나비 되어

후미진 곳을 찾아
붉은 꽃잎에 살며시
입맞춤하네
아~ 달래, 진달래

이슬은
꽃잎 사뿐 내려앉아
우리 사랑 질투하여
반짝반짝 빛나네!

人生 旅路

계절 따라가려 하니
우리 순이 어찌할까
발길을 돌리려니
바람이 가자고 하고

요절하고픈 데
미련 너무 남아
그것도 못 하겠고
마음만 저려 오네

바람 따라왔는가
푸릇한 봄이 오니
분가한 자식은
눈앞에 왜 보이나

요상하다 인생살이
무엇이 문제인가
이리 가렴. 저리 가고
저리 가렴. 이리 가네.

가을 닮아가는 당신께

당신은 아름다운 꽃입니다
화려하진 않아도 가을이면
피어나는 국화꽃 같은 당신입니다

한때는 장미보다 화려하고
백합보다 순결한 꽃
바람에 날릴까 두려운 한 송이
꽃 같은 여인이었습니다

바람 같은 날 만나
소나기 같은 날 만나
웃음 없는 차가운 얼음 같은 날 만나
그 어여쁘던 꽃은 세월 흘러
가을 피어나는 박꽃같이
항아리 같은 은은한 여인이 되었습니다

날 만나 상처만 가득 준
당신에게 미안합니다
힘없이 나부끼는 갈대 같은
힘없는 날 만나
힘겹게 살아온 당신께 미안합니다

세월의 강 건너오며 당신과 나
사랑보다는 서로 상처 주고
눈물만 주었습니다
미안합니다. 당신에게….

제목 : 가을 닮아가는 당신께
시낭송 : 박영애
스마트폰으로 QR 코드를 스캔하면
시낭송을 감상할 수 있습니다

127

가을 닮아가는 당신께

김연식 시집

2023년 3월 14일 초판 1쇄
2023년 3월 17일 발행
지 은 이 : 김연식
펴 낸 이 : 김락호
디자인 편집 : 이은희
기 획 : 시사랑음악사랑
연 락 처 : 1899-1341
홈페이지 주소 : www.poemmusic.net
E-Mail : poemarts@hanmail.net

정가 : 10,000원
ISBN : 979-11-6284-438-0